どろぼう猫《ねこ》と イガイガのあれ

小手鞠るい・作　早川世詩男・絵

静山社

もくじ

どろぼう猫とイガイガのあれ

1　すずらんのつぶやき

「すずちゃん、また残《のこ》してる。だめじゃない、ぜんぶ、ちゃんと食べなきゃ」

あーあ、またママに、しかられちゃった。

わたしは、立ち上がったばかりのいすに座《すわ》りなおして、目の前のお皿《さら》の上に残《のこ》っている、緑《みどり》のミニかいぶつの、小さな頭をながめる。

頭というか、にぎりこぶしというか。

こいつは、きみのわるい、緑《みどり》のミニかいぶつだ。

こんなの、いやだ、食べたくないよ。

きょうの朝ごはんは、パパの作った、マッシュルームとチーズがいっぱい入っている特大《とくだい》オムレツに、ふわふわのクロワッサンに、すいかジュース。

どれも最高《さいこう》においしくて、百点満点《まんてん》だったのに。

このじゃま者《もの》は、ママがあとから加《くわ》えたにちがいない。

緑《みどり》のやさいをそえると、色どりがきれいでしょ、なんて言って。

台所《だいどころ》で、あとかたづけをしていたパパが、テーブルのほうをふりかえって、言った。

「いいよ、ぼくが食べてあげるよ」

「えっ、ほんと」

「だって、らんちゃんは、ブロッコリーが苦手《にがて》で、きらいなんだもんね」

「うん、大きらい」

「きらいなものなんて、食べたくないよね」

パパは、ものわかりがいい。

やさしくて、親切で、思いやりがある。

「だめだめ、あなたがそういう、あまいことばかり言ってるから、すずちゃんが好《す》ききらいのある子になってしまったのよ！」

ママは、きびしい。

いつだって、正しくて、まっすぐだ。

まっすぐな枝《えだ》は、ぽきん、と、折《お》れることがよくあるけれど、ママは折《お》れない。

「ブロッコリーは、ビタミンC《シー》がいっぱい入っている、栄養満点《えいようまんてん》のやさいなのよ」

ちがうよ、0点だよ。

こんなの食べたら、おなかのなかで、緑《みどり》のミニかいぶつがあばれだすよ。

「さっ、さっさと食べちゃいなさい」

しかたなく、ブロッコリーを指《ゆび》でつまんで、目をつぶって、口のなかに放《ほう》りこむ。

「あ！　おぎょうぎがわるい！　ちゃんとフォークで食べなさい、フォー

ク で！」
やっぱりママは、折《お》れない枝《えだ》だ。
枝《えだ》じゃなくて、太〜い針金《はりがね》かもしれないな。

わたしの名前は、すずらん。お花の名前といっしょ。
四文字の名前の女の子は、クラスでわたしだけだ。
男の子は、四文字が多いけど。
ちょっとめずらしいこの名前を、わたしはすごく気に入っている。
つけてくれたのは、大好《だいす》きなおばあちゃんだ。
おばあちゃんは、北海道で、くらしている。
すずらんは、寒《さむ》さに強い花だから、北海道でもよく育《そだ》つという。

いつだったか、おばあちゃんは教えてくれた。

「すずらんの花ことばはね、幸《しあわ》せの約束《やくそく》。色も、形も、とってもかわいくて、おまけに香《かお》りもいい。英語《えいご》では『リリー・オブ・バレイ』っていうの。意味《いみ》は、谷間のゆり」

谷間のゆり！

ロマンチックだと思った。

心のなかに、するすると、お話がうかんできた。

お城《しろ》に住《す》んでいる王子さまは、ある日、深《ふか》い谷間でひっそりと咲《さ》いている、小さなかわいい花を見つけて、あこがれのお姫《ひめ》さまにプレゼントしようと思って、谷間におりていく。

お花を受《う》け取《と》ったお姫《ひめ》さまと、王子さまは結《むす》ばれる。

ところが、王子さまはその後、むずかしい病気《びょうき》にかかって、死《し》んでしまう。

お姫《ひめ》さまは毎日、谷間を見下ろしながら、なみだを流《なが》す。

そのなみだが毎年、すずらんの花になって咲《さ》く。

わあ、ロマンチック！

勝手《かって》にお話を思いうかべて「夢見《ゆめみ》る少女」になっているわたしに、おばあちゃんは言った。

「そうそう、フランスではね、五月一日に、好《す》きな人に、すずらんをプレゼントするんだって。すずらんは、愛《あい》の花だから」

すずらんは愛《あい》の花で、花ことばは幸《しあわ》せの約束《やくそく》。

なんて、なんて、すてきな名前なんだろう。

友だちから「かわいい名前だね」って言われるたびに、わたしはつぶやく。

わたしは、谷間のゆり。

おばあちゃん、ありがとう。


「ごちそうさま～」

「はい、よくできました。すずちゃん、えらい」

ブロッコリーを食べたわたしを、ママはまっすぐにほめてくれる。

「らんちゃんはいい子だ。百点満点《まんてん》だ」

パパもやさしくほめてくれる。

ママはわたしを「すずちゃん」と呼《よ》び、パパは「らんちゃん」と呼《よ》んでいる。

そのたびに、自分がふたりいるみたいで、楽しくなる。

すずちゃんは、絵本や童話《どうわ》が大好《だいす》きで、得意《とくい》なのは空想《くうそう》。

らんちゃんは、小鳥や動物《どうぶつ》が大好《だいす》きで、得意《とくい》なのはぼうけん。

ふたりに共通《きょうつう》しているのは、ブロッコリーと、ピーマンと、ねぎと、にんじんと、あとはなんだろう、ぬるぬるした里いもと、苦《にが》～い春菊《しゅんぎく》と、石けんみたいな香《かお》りのするセロリと、まだまだあるけど、きらいなやさいが多いってこと。

やさいなんて、この世《よ》から、なくなってしまえばいいのに。


あ、そうだ、大きらいなものは、まだある。

あれがいちばん、きらいだ。

ああ、きらいでたまらない、あれ。

もしかしたら、やさいよりも、きらいかもしれない。

色がなくて、意味《いみ》がなくて、心もなくて、味《あじ》もなくて、においもなくて、おいしくも、まずくもなくて、ただむずかしくて、意地悪《いじわる》なだけの、あれ。

意地悪《いじわる》で、つめたくて、思いやりがなくて、あれを見ても、どんな物語《ものがたり》もうかんでこない。

あれ、あれ、あれ。あれが大きらい。

何度《なんど》もつぶやく。

この世《よ》から消《き》えて、なくなってしまえばいい、あれ。

2　あれの正体

「行ってきま～す」

「行ってきま～す」

朝ごはんを食べ終《お》えたあと、ママとわたしは、ふたりいっしょに家を出て、会社と学校へ行く。

いつも、きりっとかっこいいワンピースを着《き》ているママは、洋服《ようふく》を作っている会社の部長《ぶちょう》さんで、わたしは小学校の四年生。

「行ってらっしゃ～い、気をつけてね」

げんかんの前で、パパが見送《みおく》ってくれる。
エプロンと、ひげのよく似《に》あうパパは、家で、会計士《かいけいし》の仕事《しごと》をしている。
そうじや、せんたくや、買《か》い物《もの》や、料理《りょうり》は、パパの役目《やくめ》だ。
パパは料理《りょうり》が大好《だいす》きで、得意《とくい》。
とくに、おかし作りが大好《だいす》き。
とくに、洋菓子《ようがし》が得意《とくい》。
「パパ、きょうのおやつは何」
手をふりながら、たずねると、パパは右目をぎゅっと、つぶった。
わかった、シュークリームだ！
右目ウィンクは、シュークリーム、エクレア、ムースケーキ、チーズケーキなど、しっとりしたクリーミー系《けい》のおやつ。

このあいだはエクレアで、その前はムースケーキで、その前はチーズケーキだったから、そろそろシュークリームの番なのだ。

左目ウィンクの場合は、チョコレートチップクッキー、アーモンドクッキー、オレンジクッキーなど、さくさく系《けい》のおやつ。

いつだって、みんな手作り、できたて、焼《や》きたて。


青空色のランドセルをせおって、ママのとなりを歩いていく。

夏のそよ風に乗《の》って、せみの声が聞こえてくる。

ジージージージー、ミーンミーンミーン、ワシワシワシワシ、ジリジリジリジリ……

もうじき、夏休みが始《はじ》まる。

楽しみで、待《ま》ち遠しくて、わたしは木に登《のぼ》って、ツクツクボーシ、ツクツクボーシって、鳴きたくなる。

見上げると、シュークリームにそっくりな、入道雲の赤ちゃんみたいな雲がうかんでいる。

パパのシュークリームを思いだして、うっとりする。

雲って、大好《だいす》き。

形が変化《へんか》していくところがいい。

うさぎかと思って、ながめていたら、いつのまにか、かめになっていたりする。

犬と猫《ねこ》がけんかしていたら、ねずみが止めに来たりする。

雲をながめていると、心にお話がうかんでくる。
シュークリームの雲に乗《の》って、地球《ちきゅう》にやってくる宇宙人《うちゅうじん》のお話なんて、どうかな。

空と雲の絵が表紙《ひょうし》になっている絵本。
宇宙人《うちゅうじん》よりも、宇宙猫《うちゅうねこ》がいいな。
だって、わたし、猫《ねこ》が大好《だいす》きなんだもん。
雲に乗《の》ってやってくる、宇宙猫《うちゅうねこ》。
どんな猫《ねこ》なんだろう。
きっと、おやつが大好《だいす》きな猫《ねこ》だろう。
わたしたち、仲《なか》よくなって、いっしょにシュークリームを食べるんだ。

すると、とつぜん、ママが横《よこ》からこんなことを言う。

「おやつをいっぱい食べたかったら、その前に、やさいをいっぱい食べなきゃね」

まるで、わたしの心のなかが見えているかのようだ。

ママは、するどい。

針金《はりがね》じゃなくて、とげかもしれない。

イガイガ、イガイガイガ……ママはそんな声で鳴くせみだ。

「そういえば、ゆうべ、頭をかかえていた算数の宿題《しゅくだい》は、ちゃんとできたの」

ああっ、いたい！

耳がいたい、頭がいたい、心がいたい。
イタイイタイイタイイタイ……
聞きたくないことばを聞いてしまった。
わたしは頭をかかえて「イタイイタイぜみ」になってしまう。
いやだ、いやだ、大きらい！
さ・ん・す・う——これがわたしのいちばんきらいなもの。
算数——これが「あれ」の正体。

3　アイルランドの森の猫《ねこ》

こんにちは、はじめまして。
ぼくの名前は、ライアンといいます。
アイルランドの森で生まれた、おす猫《ねこ》です。
ライアンの意味《いみ》？
ライアンはね、ゲール語で、意味《いみ》は「小さな王さま」なんだよ。
ゲール語っていうのはね、むかしむかし、アイルランドにあった、ふる～いことば。

ぼくは小さな王さまだけど、体はとても大きくて、力持《ちからも》ち。
それもそのはず、そのむかし、ぼくの祖先《そせん》の猫《ねこ》たちは、妖精《ようせい》の乗《の》って
いる馬車をひっぱっていたんだ。
ぼくのじまんは、まっ白で、ふさふさの胸毛《むなげ》。
まるで、ライオンのたてがみみたいなんだよ。
ぼくの別名《べつめい》はね、ジェントル・ジャイアント。
意味《いみ》は、やさしい巨人《きょじん》。
巨人《きょじん》のようにでっかい猫《ねこ》だけど、性格《せいかく》はすごくやさしくて、思いやり
があって、だれにでも親切で、人が喜《よろこ》ぶようなことをしてあげるのが大《だい》
好《す》きなんだ。
瞳《ひとみ》の色は、エメラルドグリーン。

ね、すてきな猫《ねこ》でしょ？

よかったら、きみの友だちに、なってあげるよ。

きみが望《のぞ》んでいれば、ってことだけどね。


さて、ぼくが住《す》んでいるおうちを紹介《しょうかい》しよう。

深《ふか》い森の奥《おく》にある、小さな谷間のほとりに、ぼくのおじいちゃんが建《た》てたお城《しろ》。

外側《そとがわ》は、ブルーストーンという名前の石でできていて、天井《てんじょう》や、柱《はしら》や、床《ゆか》や、窓《まど》わくは、森の樹木《じゅもく》を使《つか》って作られている。

さ、えんりょしないで、入ってきて。

家のなかには、ぼくの好《す》きなものがいっぱい。

好《す》きなものっていうのは、つまり、ぼくの宝物《たからもの》ってこと。

ぼくは、いろんな国の、いろんな町や村まで、ぼうけんに出かけていって、そこで、おもしろいもの、不思議《ふしぎ》なもの、めずらしいものを見つけたら、とっておきの宝石箱《ほうせきばこ》に入れて持《も》ってかえってきて、コレクションをしているんだ。

たとえば、この時計。

古い古い、懐中時計《かいちゅうどけい》。

懐中時計《かいちゅうどけい》っていうのはね、いつもポケットのなかに入れておいて、時間が知りたくなったら、ポケットのなかから取《と》りだして、時間を見る、そういう時計。

この懐中時計《かいちゅうどけい》はね、いつも、午後三時を示《しめ》しているんだ。

三時といえば、おやつの時間。

ぼくは三度《さんど》のごはんも大好《だいす》きだけど、三時のおやつは、もっと好《す》き。

だから、いつだって午後三時の、この懐中時計《かいちゅうどけい》はぼくの宝物《たからもの》。

ええっと、それは、かぎだよ。

猫《ねこ》の形をしているそのかぎはね、この宝石箱《ほうせきばこ》をあけるためのもの。

いまはまだ、からっぽだけどね。


ああ、そこにあるのは、色えんぴつセットだね。

おもしろいでしょ？

長いえんぴつ、短《みじか》いえんぴつ、いろいろあるけど、それ、ぜんぶで二十四色もあるんだよ。

すごいでしょ？

二十四色だよ、きみ、色の名前、ぜんぶ言える？

ぼくは言えるよ。

空色、海色、土色、太陽《たいよう》色、月色、星色、葉《は》っぱ色、花色、つぼみ色、種《たね》色、枯葉《かれは》色、風色、雪色、雨色、犬色、くま色、うさぎ色、りす色、へび色、かえる色、うぐいす色、からす色、かもめ色、ええっと、あと一色は、なんだったっけ。

そうだ、この色をわすれてはいけない。

ぼくのいちばん好《す》きな色――それは、ねずみ色だ。

ねずみ色を目にするとね、ぼくの足は、しぜんに走りだす。

ものすごいスピードで、うさぎにもチーターにも負《ま》けないくらい速《はや》く。

そろそろ、出かける時間がやってきた。

今夜からぼくは、ある遠い国の、ある小さな町まで、出かけていって、そこでぼうけんをしながら、宝物《たからもの》さがしをするつもりなんだ。

その国は、東のほうにある。

アイルランドと同じで、海にかこまれている。

いくつかの島《しま》からできている、細長い、小さな国のようだ。

ほら、そこにある、その古い地図を見て、行きたいと思ったんだ。

そこには、どんな人たちが住《す》んでいて、そこでは、どんなことばが話されているのだろう。

ぼくみたいな猫《ねこ》も、住《す》んでいるのかなぁ。

猫《ねこ》の好《す》きな人も、いるのかなぁ。
それは、行ってみないとわからないね。

「ユニコーン、出発《しゅっぱつ》するよ」
からっぽの宝石箱《ほうせきばこ》をせおって、ぼくは声をかけた。
すると、空のかなたから、ユニコーンが飛《と》んできた。
馬の形をしたユニコーンの額《ひたい》からは、
一本の角《つの》がつきだしている。
このユニコーンはね、雲でできて
いるんだよ。
そう、ぼくの乗《の》り物《もの》は、雲の一角獣《いっかくじゅう》な

んだ。
角《つの》で方向《ほうこう》をつかまえて、風に乗《の》って、すいすい飛《と》んでいく。
雲でできているから、羽がなくても、飛《と》べるんだ。
きみもいっしょに、行きたい？
いいよ、ぼくのうしろに乗《の》っけてあげる。
ふりおとされないように、しっかりつかまって。
ぼくのしっぽをぎゅっと、にぎりしめておくといいよ。

見えてきた。
あの国だ。
ぶあつい雲と雲のあいだから、見えかくれしている。

ひし形の島《しま》、縦《たて》に細長い島《しま》、りぼんの形をした島《しま》、もうひとつ、細長い島《しま》にくっついている、しっぽみたいな島《しま》、ほかにも小さな島《しま》がいくつかあるね。

さあ、着陸《ちゃくりく》しよう。

「ユニコーン、そろそろおりるよ」

にょきっと飛《と》びだしている、ぼくのつめみたいな形の半島《はんとう》を目指《めざ》して、そこからもうちょっと、南のあたりがいいかな。

あのあたりなら、緑《みどり》が多くて、山も多くて、楽しそうだ。

おやおや、ぶあつい雲の下には、しとしと雨がふっているぞ。

雨がふると、帰り道がわからなくなってしまって、こまるんだけど、

まあ、いいや。

雨が上がるまで、あの島国《しまぐに》で、たっぷり遊《あそ》んでいこう。


地上におりると、ぼくはユニコーンと別《わか》れた。

ユニコーンは、ぼくが帰りたくなって、呼《よ》びかけるまで、空のかなたでおとなしく、待《ま》ってくれている。


きみはどうする？

ユニコーンといっしょに、ここで待《ま》ってる？

わかった、じゃあ、ぼくひとりで行ってくるよ。

待《ま》つのがたいくつになったら、ユニコーンに、空の散歩《さんぽ》に連《つ》れていってもらうといいよ。

4　すずらんのサプライズ

「らんちゃん、晩《ばん》ごはん、できたよ」

パパの声が聞こえてきたので、読んでいた絵本を、ぱたん、と、とじて、わたしは部屋《へや》から出ていく。

ママはまだ、帰ってきていない。

仕事《しごと》でママの帰りがおそくなる日は、パパとふたりで、先にごはんを食べる。

しめしめ。

これで、やさいを残《のこ》してても、がみがみ言われなくてすむ。

きょうの晩《ばん》ごはんは、なんだろう。

メニューはだいたい、においでわかるんだけど、きょうはわからない。

パパの新作かな。


ろうかを歩いていきながら、わたしは、さっきまで読んでいた童話《どうわ》のつづきを想像《そうぞう》してみる。

ライアンくんがユニコーンに乗《の》って、やってきた国って、どこなんだろう。

読んでいたのは『森の猫《ねこ》ライアンの大ぼうけん』というタイトルの本。

きょうの放課後《ほうかご》、学校の図書室で借《か》りてきた。

司書《ししょ》の先生が「これ、すずらんちゃんにおすすめ」って言って、紹介《しょうかい》してくれたから。

理由《りゆう》は、わからない。

読めばわかる、って、先生は言ってたけど。

あ、きっと、わたしが、猫《ねこ》が大好《だいす》きだってこと、先生は知ってるからかな。

エメラルドグリーンの瞳《ひとみ》と、ライオンみたいなたてがみを持《も》ったライアンくん。

ライアンの意味《いみ》は、小さな王さま。

別名《べつめい》「やさしい巨人《きょじん》」の性格《せいかく》は、すごくやさしくて、思いやりがあって、だれにでも親切で、人

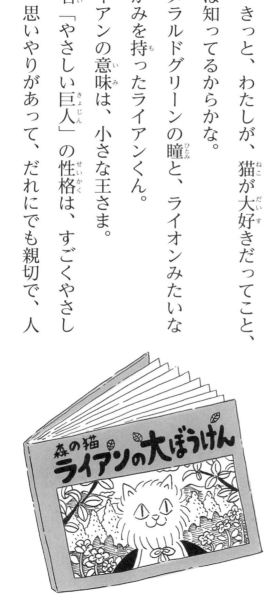

が喜《よろこ》ぶようなことをしてあげるのが大好《だいす》き。
乗《の》り物《もの》は、風の一角獣《いっかくじゅう》。
ぼうけんの旅《たび》に出て、宝物《たからもの》を見つけて、からっぽの宝石箱《ほうせきばこ》へ入れて、
おうちへ持《も》ってかえる。
そしてコレクションに加《くわ》える。
ああ、すてき、すてき、すてき。
わたしもいつか、こんなお話を書きたい。

「うわあ、何これ！」
わたしがテーブルに着《つ》くのと同時に、パパがオーブンから取《と》りだした
のは、

「わあっ、すごい、何これ、見たことないね」
何これ、としか言いようのない、びっくりするような料理《りょうり》だ。
「じゃーん、サプライズだよ」と、パパ。
「ほんとだね、これはびっくりだ」と、わたし。
見た目は決《けっ》して、きれいではない。
表面《ひょうめん》にたっぷりかかっているチーズがこげて、とろけている。
チーズの下から、こげ茶色の、どろっとしたソースが流《なが》れだしている。
まるで、とけだした溶岩《ようがん》の、かたまりみたいに見える。
このかたまりのなかには、いったい何が入っているのだろう。
「新作だよ。しかも、オリジナルね」
オリジナルというのは、レシピブックを見て作ったんじゃなくて、パパが自分で考えて作った料理《りょうり》ってこと。
プレートの上には、合計六個《こ》のかたまりがならんでいる。
ひとり、二個《こ》ずつってことか。
四角いお皿《さら》にまず一個《こ》、隕石《いんせき》なのか、溶岩《ようがん》なのか、わからないような、
ぶきみな物体《ぶったい》を取《と》りわける。
パパのお皿《さら》にも一個《こ》。
それから、かたまりの横《よこ》に、お米のごはんをよそう。
「いただきま～す」
一応《いちおう》、明るくあいさつをする。
わたしは、礼儀《れいぎ》正しい小学四年生なのだ。
「はい、どうぞ。たっぷり召《め》し上がれ」

パパは、百点満点《まんてん》の笑顔《えがお》だ。

よほど、この料理《りょうり》に自信《じしん》があるんだな。


五分後、わたしのほっぺは固《かた》まった。

パパの笑顔《えがお》も凍《こお》りついている。

「わーっ！　いやだこれ、何これ、こんなの、食べられないよ。気持《きも》ちわる〜い」

悲鳴《ひめい》にも似《に》たわたしのさけび声に、パパはショックを受《う》けている。

「だめだったか……」

表面《ひょうめん》のこげたチーズは、とってもおいしかった。

どろっとしたソースも、なかなかおいしかった。

玉ねぎとトマトを煮《に》こんで作ったというソースは、玉ねぎもトマトも形が残《のこ》っていないから、わたしは「やさいだ」と思わないで、食べることができる。

かたまりのなかに入っていたのは、マッシュルームとくるみだった。

マッシュルームはきのこだし、朝のオムレツにも入っていたから、きっと残《のこ》り物《もの》なんだろうけど、それはいい。

食べ物《もの》は、たいせつにしなくちゃ、いけない。

あまったものをくさらせたり、まだ使《つか》える材料《ざいりょう》をすてたりするのは、よくない。

フードロスは、よろしくない。

そんなこと、子どもでもわかっている。

けれども、これ、このかたまりの下から出てきた、これ。

これは、よろしくない。

これは、食べられない。

まずそうで、気持《きも》ちわるそうで、手が出せない！

オレンジ色の妖怪《ようかい》だ、これは。

「らんちゃん、緑《みどり》のピーマンがきらいだって、わかってたから」

パパは肩《かた》を落《お》としている。

かたまりの下から出てきたのは、ゆでられて、ずわっとなった、オレンジ色のピーマンだったのだ。

そんなの、色が変《か》わったからって、ピーマンはピーマンでしょ。

と、言いかけた、そのときだった。

わたしのせなかのうしろを、さぁっと、何か風のようなものが通りすぎていった。

風のようなもの、というか、風のかたまりのようなもの、というか。

正体不明《しょうたいふめい》のなぞの物体《ぶったい》が出現《しゅつげん》した。

そんな気配《けはい》を感《かん》じた。

それだけではない。

その風のようなものは、わたしの肩《かた》の上に飛《と》びのったかと思うと、肩《かた》をぽーんと、けるようにして、どこかへ飛《と》んでいった。

あっ、というまのできごとだった。

たぶん、時間にすると、一秒《びょう》以下《いか》だったと思う。

え、何、いまのは、何。

はっ、としてふ、うしろをふりかえったけれど、当然《とうぜん》のことながら、そこには、だれのすがたもない。

なんだったんだろう、いまのは。

あれは、あれは、なんだったの。

5 ライアンの大ぼうけん

ぼくはその日の午後三時に、ある国の、ある町の、ある家の、ある台《だい》所《どころ》に侵入《しんにゅう》した。

侵入《しんにゅう》っていうと、なんだか、どろぼうみたいだけど、ちがうよ。

ぼくの「侵入《しんにゅう》」っていうのは、つまり「ぼうけん」ってことなんだからね。

わすれないでね、ぼくは、どろぼう猫《ねこ》、なんかじゃなくて、ぼうけん猫《ねこ》なんだってこと。

台所《だいどころ》では、エプロンをかけた男の人が、せっせ、せっせと、何かを作っていた。
何を作っているのだろう。
まあ、台所《だいどころ》で作るものといえば、料理《りょうり》に決《き》まっている。
どんな料理《りょうり》を作っているのだろう。
好奇心《こうきしん》でいっぱいになったぼくは、抜《ぬ》き足、差《さ》し足、忍《しの》び足で、近づいていった。
そっと、そっと、そーっとね。
足音を立てないで歩くのは、ぼくの得意《とくい》わざ。
ぼくの別名《べつめい》は「やさしい巨人《きょじん》」のほかにもあって、それは「忍者猫《にんじゃねこ》」なんだよ。

台所《だいどころ》には、いままであんまりかいだことのないにおいが、ただよっていた。
チーズ、玉ねぎ、トマト、マッシュルーム、ここまではだいたいわかったけれど、それ以外《いがい》にも、いろんなにおいがまじっている。

わーすごい。
テーブルの上には、おいしそうなおやつがならんでいる。
わーお、これはシュークリームじゃないか。
ぼくは、シュークリームが大好《だいす》きだ。
よし、ひとつ、いただいちゃおう。

長い旅《たび》をしてきたから、おなかがぺこぺこだ。

それに、午後三時といえば、おやつの時間だからね。

男の人がなべの中身《なかみ》を一生けんめい、かきまぜているすきをねらって、ぼくは得意《とくい》のジャンプをぽーんと決《き》め、テーブルの上の大皿《おおざら》にならんでいるシュークリームのなかから、いちばん大きなやつをいただいて、忍《にん》者《じゃ》のように走り去《さ》る。

食べ物《もの》をちょうだいしたときにはね、まず、その場から走り去《さ》ることが重要《じゅうよう》なんだ。

犯行《はんこう》の現場《げんば》から離《はな》れたところで、ゆっくり、じっくり、勝利《しょうり》の味《あじ》を味《あじ》わう。

あれれ？

これって、まるで「かっさらい猫《ねこ》」だね。

またひとつ、ぼくの別名《べつめい》がふえた。

とくした気分だ。


ぼくは、家のいちばん奥《おく》まで走ると、ろうかのつきあたりにある部屋《へや》に入っていって、シュークリームをむしゃむしゃ食べた。

ん、これはすごいぞ。

さくっとしたシューのなかに、カスタードクリームと、ホイップした生クリームの両方《りょうほう》がたっぷり、とろーり、入っている。

エメラルドグリーンの瞳《ひとみ》がぴかっと、黄金色《こがねいろ》に変《か》わったような気がした。

こんなおいしいシュークリーム、いままでに一度《いちど》も食べたことがなかった！

台所《だいどころ》で料理《りょうり》をしているあの男の人は、いったい、どんな仕事《しごと》をしているのだろう。

ケーキ屋《や》さんなのだろうか。

この家では、どんな人たちが、くらしているのだろう。

部屋《へや》から部屋《へや》へと歩きまわりながら、しらべてみることにした。

シュークリームを食べた部屋《へや》は、この家に住《す》んでいる女の子の部屋《へや》だとわかった。

勉強《べんきょう》づくえの上には、えんぴつ立てと、時計と、猫《ねこ》の形をしたランプが置《お》かれている。
ベッドには、うさぎと、くまと、パンダと、猫《ねこ》のぬいぐるみ。
本だなには、いろんな本がぎっしりつまっている。
きっと、本を読むのが大好《だいす》きな子なんだな。
ゆかいで、楽しそうな動物《どうぶつ》のお話が多い。
この子は、動物《どうぶつ》が大好《だいす》きなんだということも、わかった。
おかあさんの部屋《へや》には、洋服《ようふく》がいっぱい、かけてある。
かべには、家族《かぞく》の写真《しゃしん》。
三人家族《かぞく》のようだ。
そうか、さっきの男の人は、女の子のおとうさんなんだな。
おとうさんの部屋《へや》には、むずかしそうな本がならんでいる。

本の背表紙《せびょうし》には、ぼくの知らないことばがずらり。

こんな、わけのわからない本を読んでいる人が、あんなにもおいしいシュークリームを作れるなんてね。


はっと気がついたら、夕方になっていた。

どうやらぼくは、おとうさんの部屋《へや》のクローゼットのなかで、お昼寝《ひるね》をしてしまったようだ。

猫《ねこ》の仕事《しごと》は「寝《ね》ること」だからね。

ああ、ぐっすり寝《ね》たから、体じゅうに、エネルギーが満《み》ちあふれている。

この家には女の子が帰ってきて、おとうさんといっしょに、ごはんを食べているようだ。

おかあさんはまだ、帰ってきていない。

さあ、そろそろこの家を出て、次《つぎ》の家へ行こう。

晩《ばん》ごはんは、そこで、いただくことにしよう。

そう思って、ろうかへ出て、台所《だいどころ》とダイニングルームを横切《よこぎ》って、げんかんへ向《む》かおうとしている、そのときだった。


あっ！

見つけたぞ。

おもしろいもの、すごくおもしろそうなもの、不思議《ふしぎ》なもの。

あれは、いったい、なんだろう。

とげとげしていて、イガイガがついていていて、ぐちゃっとしていて、どろどろしていて、火山からふきだしたマグマみたいに熱《あつ》そうで、でも、さわってみると、氷《こおり》みたいにつめたそうな、わけのわからない、こんがらがって、もつれた毛糸の玉みたいな、でも、手にしてみると、するどい刃《は》を持《も》った剣《けん》みたいな――あれ、あれ、あれ、あれがほしい。

あれはきっと、ぼくのさがしていた宝物《たからもの》にちがいない。

あれをいただこう。

ぬすんでしまおう。

ぬすんで、持《も》ってかえろう。

ぼくは、得意《とくい》のジャンプを決《き》めて、女の子の肩《かた》に飛《と》びのった。

そして「それ」をかっさらって、風のようにその場から走り去《さ》った。

6　すずらんの突然変異《とつぜんへんい》

目の前のお皿《さら》には、ぐちゃっとしたオレンジ色のピーマンが残《のこ》っている。

オレンジ色の妖怪《ようかい》は、泣《な》きそうな顔《かお》をしている。

食べなきゃだめでしょ、と言うママは、まだ帰ってきていない。

ラッキーだ！

「ごちそうさま～」

パパに声をかけた。

このあとは、ふたり分の食器《しょっき》を流《なが》し場まで運《はこ》んで、わたしは洗《あら》い物《もの》をする。

それから自分の部屋《へや》で、宿題《しゅくだい》をする。

そのうち、ママが帰ってくる。

ママが晩《ばん》ごはんを食べたあと、三人でテーブルをかこんで、デザートのシュークリームを食べる。

わたしは学校から帰ってきたとき、おやつに食べたけど、今度《こんど》はデザートとしてもう一度《いちど》、食べるのだ。

おやつは午後三時、デザートは午後七時。

「パパ、ありがとう。おいしかったよ、どろどろのかたまり」

そう言って、いすから立ち上がろうとしたわたしは、次《つぎ》のしゅんかん

「そうじゃないでしょ」と、自分に声をかけて、座《すわ》りなおした。

自分でもなぜ、こういうことをしたのか、わからない。

けれど、体がそういうふうに動《うご》いてしまった。

それだけではない。

気がついたらわたしは、お皿《さら》のはしっこに置《お》いたばかりの、ナイフとフォークを取《と》り上げて、オレンジ色のピーマンを切りわけて、口のなかに入れているではないか。

あれ？

どうしたんだろう、わたし。

ピーマンを食べている！

何かがおかしい、何かがちがう。

どうして、大きらいなピーマンを、わたしは平気《へいき》で食べているのだろう。

それだけではない。

「パパ、これ、おいしいよ。残《のこ》そうとして、ごめん。ぜんぶ、ちゃんと、食べなきゃね。せっかくパパが一生けんめい、作ってくれたんだもん。それに、ピーマンは栄養満点《えいようまんてん》のやさいだって、ママがいつも言ってるよね」

パパは完全《かんぜん》に固《かた》まっている。

おじぞうさんみたいだ。

パパじぞうは、目を大きく見開《みひら》いて、目の前で起《お》こっている奇跡《きせき》を見とどけようとしているかのようだ。

「あれれ、らんちゃん、だいじょうぶなの」

「何が」

「だって、ピーマンだよ、それ」

すずしい笑顔《えがお》で、わたしは答える。

「ピーマン、好《す》きだよ、おいしいよ。それがどうかした？」

「いえ、どうもしません。どうもしませんけど……」

何かがちがう。

突然変異《とつぜんへんい》が起《お》こった。

パパもきっと、そう思っているのだろう。

「ただいま〜おそくなりました」

そこへ、ママが帰ってきた。

いつもなら「お帰り、おつかれさま」って、あまい声で言いながら、げんかんまで、ママをむかえに行くはずのパパは、いすに座《すわ》ったまま、ぼーっとしている。

わたしはわたしで、目の前の、からになったお皿《さら》を見つめて、ぼーっとしている。

この「ぼーっ」は、感動《かんどう》の「ぼーっ」だ。

「ふたりとも、どうかしたの。何かあったの」

ダイニングルームに入ってくると、ママはかわるがわる、わたしたちの顔を見つめている。

「まるで、宇宙人《うちゅうじん》にでも出会ったみたいな顔、してるね」
「そうかもしれない……」と、パパ。
「うん、きっと、そう」と、わたし。
きっと、あのときの、あれがそうだったんだ。
わたしは自分の肩《かた》に、そっと手を当てた。
あのとき、この肩《かた》をけって、ひゅーんと飛《と》び去《さ》った、あの風のかたまり――。

わたしの体に起《お》こった突然変異《とつぜんへんい》は、ピーマンだけではなかった。
ママに「お帰り」を言って、自分の部屋《へや》へ行き、宿題《しゅくだい》のプリントをつくえの上に広げたとき、ふたたび目の前で、信《しん》じられないようなできごとが起《お》こった。

目にするのもいやだったはずの、算数のプリント。

国語と社会は、晩《ばん》ごはんの前にすませてあって、大きらいな算数だけ、あとまわしにしていたのだ。

ブロッコリーよりも、ピーマンよりも、きらいな算数。

えんぴつけずりでしゅるしゅる、えんぴつをけずって、上から順番《じゅんばん》に、計算問題《けいさんもんだい》を解《と》いていく。

いやな気持《きも》ちがまったく、わいてこない。

それどころか、わくわく、楽しい気分になっている。

ちょっとむずかしい問題《もんだい》もあったけど、ちっとも、いやにならない。

なぜ、なぜ、なぜ、こんなにも、楽しい気持《きも》ちになれるんだろう。

あんなにきらいで、あんなにむずかしくて、あんなに大きらいで、あんなに苦手《にがて》な算数――だったはずなのに。

算数のプリントって、にぎやかで楽しい、数字の子たちの教室みたい。

一個《こ》、一個《こ》の数字がかわいく見えてくる。

1はまっすぐな子、2はおちゃめな子、3はひょうきんな子、4はやさしい子、5は優等生《ゆうとうせい》。

わあ、数字にも、それぞれの性格《せいかく》があったんだ。

おまけに、6は「こんにちは」で、7は「ラッキー」で、8は「くるくる」で、9は「ちょっと苦《くる》しい」って、数字はそれぞれ、ことばも持《も》っている。

じゃあ、0のことばは、なんだろう。

「ごめんね」かな。性格《せいかく》は、おとなしくて、色は無色《むしょく》。

1は白、2は黄色、3は赤、4はむらさき。

色だって、ついている。

ひとつひとつの計算問題《もんだい》にも、それぞれの性格《せいかく》がある。

気むずかしい問題《もんだい》、きちょうめんな問題《もんだい》、おぎょうぎのいい問題《もんだい》、やさしい問題《もんだい》、思いやりのある問題《もんだい》、めずらしい問題《もんだい》、笑《わら》える問題《もんだい》、泣《な》ける問題《もんだい》、物語《ものがたり》みたいな問題《もんだい》。

わあ、なんておもしろいんだろう。

算数のプリント、大好《だいす》き！

7 大好《だいす》きガールの誕生《たんじょう》

夏休みが始《はじ》まって、一週間がすぎた。

絵日記も、宿題《しゅくだい》も、すらすら進《すす》んでいる。

もちろん、算数の宿題《しゅくだい》も。

あの日から、朝も昼も夜も、やさいはぜんぶ、残《のこ》さず食べている。

緑《みどり》のミニかいぶつも、オレンジ色の妖怪《ようかい》も、ねぎも、にんじんも、ぬるぬるした里いももも、苦《にが》～い春菊《しゅんぎく》も、石けんみたいな香《かお》りのするセロリも、何もかも、大好《だいす》きになった。

算数の成績《せいせき》も、二学期《がっき》になったらきっと、上がってくれるだろう。
「がんばりましょう」から「よくできました」に。
「たいへんよくできました」も夢《ゆめ》じゃない。
好《す》ききらいの多かった谷間のゆりは、大好《だいす》きガールになったのだ。
つまり、すずらんはほんとに「愛《あい》の花」になったってことだ。

きょうは、待《ま》ちに待《ま》った、日曜日。
夏休みは毎日が日曜なんだけど、きょうはママの仕事《しごと》がお休みだから、
わたしたちはふたりでバスに乗《の》って、町のはずれにある、ショッピングモールへ買い物《もの》に行く。
楽しみだなぁ。

ママとのお出かけ、大好《だいす》き。

パパは、お留守番《るすばん》と、晩《ばん》ごはんと、おやつ作り。

出かける前のパパのウィンクは、左目だった。

おとといはチョコレートチップクッキーで、きのうはアーモンドクッキーだったから、きょうはきっと、オレンジクッキーだな。


もうじき、わたしの誕生日《たんじょうび》がやってくる。

ちょっと早めのプレゼントとして、きょう、モールでわたしの見つけた「好《す》きなもの」を、ママはなんでも買ってくれるという。

「ほんとに、なんでもいいの」と、わたし。

「そうよ、なんでもいいのよ」と、ママ。

「ママのきらいなものでもいいの」

「すずちゃんが好《す》きなら、それでいいのよ」

このごろのママは、とっても気前がいい。

とんがった針金《はりがね》がやわらかくなっている。

わたしがやさいをちゃんと食べるようになって、算数も好《す》きになったから、きげんがいいのかな。

わたしのきげんも、毎日、最高《さいこう》にいい。

学校でも家でも。

ひとりでいても友だちといっしょにいても。

谷間のゆりは、いつも満開《まんかい》で、すずらんはいつだって、にこにこしている。

どこで、何をしていても、楽しい。

楽しくって、幸《しあわ》せだ。

そう、すずらんの花ことばは「幸《しあわ》せの約束《やくそく》」だもの。

なぜ、こんなに幸《しあわ》せなのかって、それは、あの日から、きらいなものがなくなったからだ。

きらいなものがなくなったのは、あの日あのとき、風のかたまりみたいなものが風といっしょに、わたしの心のなかにあった「イガイガのあれ」を、どこかへ連《つ》れ去《さ》ってくれたからだ。

きらいなものがなくなって、心のなかが好《す》きなものでいっぱいになると、毎日、とっても幸《しあわ》せな気分ですごせる。

好《す》きってことは、幸《しあわ》せってことなんだな、きっと。

大好《だいす》きでいるってことは、うれしいってことなんだ、きっと。

モールのフードコートで、やさいのたっぷり入ったパスタと、やさいサラダのランチを食べたあと、お店からお店へ、歩いてまわった。

洋服屋《ようふくや》さんで、いろんな服《ふく》を着《き》たり、ぬいだりして、ママにも見てもらったけど、ぴんとくるものがない。

食器屋《しょっきや》さんで、かわいいマグカップやお皿《さら》をさがしたけど、やっぱり「これだ！」と思えるものがない。

「すずちゃんは、やっぱり、本がいいんじゃない？」

本屋《ほんや》さんへも立ち寄《よ》ったけど、本屋《ほんや》さんはだめだ。

ほしい本が多すぎて、一冊《さつ》だけ、えらぶなんて、できそうもない。

歩きまわりすぎて、

「ちょっと足がつかれたね。休けいしようか」

ママがそう言って、わたしたちはモールのはしっこにある、小さなカフェへ入った。

ショーケースには、チョコレートやケーキやタルトや、マカロンもならんでいる。

わたしはアイスココアを、ママはアイスティを注文《ちゅうもん》した。

「ついでに、マカロンも食べちゃおうか」と、ママ。

「さんせい！」

やさいと算数が好《す》きになると、いいことがいろいろ起《お》こる。

ママは、ココナッツマカロンと、キャラメルマカロンを、わたしは、ピスタチオマカロンと、ハイビスカスマカロンをえらんだ。

「きゃあ、ママ、見て見て」

店員《てんいん》さんが運《はこ》んできてくれたハート型《がた》のお皿《さら》に、かわいくならんでいる、白、茶色、緑《みどり》、赤のマカロンを見ているだけで、わたしは幸《しあわ》せいっぱいになる。

ところが、あれっ？　どうしたんだろう。

マカロンを食べているママの顔が、ちょっとだけ、くもっているように見える。

つかれているのかな。

毎日の仕事《しごと》はとてもいそがしそうだし、きょうは日曜だけど、一週間のつかれが、たまっているのかもしれないな。

やさしい気持《きも》ちがもくもくわいてきて、わたしの口から、やさしいことばが出てくる。

「ママ、何か、なやんでいることでもあるの」

「ええっ！」

ママはおどろいて、手に持《も》っていたマカロンを落《お》としそうになった。

あわてて、マカロンをお皿《さら》にもどすと、ママは言った。

「すずちゃんに、どうしてそんなことがわかるの」

そうか、だったらやっぱり、なやんでいることがあるのか。

「なんとなく、だよ。なんとなく、そう思っただけ」

さらっとそう言いながら、でも、わたしのむねは、どきどきしている。

ママのなやみがすごくシリアスなものだったら、どうしよう。

そんなことは、なかった。

ママにとってはシリアスなんだろうけど、わたしにとっては、どうってことない、なやみだった。

ママは言ったのだった。

「あのね、会社にね、すごーくいやな人がいるの」

「へえ、どんな人」

「口だけがうまくてね、行動《こうどう》がぜんぜん、ともなっていない。お礼状《れいじょう》とかおわび状《じょう》とかも、まともに書けないし、社会人としての最低《さいてい》の礼儀《れいぎ》も知らない。仕事《しごと》をたのんだら『少しだけ待《ま》ってください』って言っておきながら、二、三か月も平気《へいき》で人を待《ま》たせたりする、どうしようもない人なの。部下《ぶか》のひとりがそういう人なの」

へえ、そんな人がいるんだ。

大人の社会も、いろいろと、たいへんなんだな。

「すずちゃんだったら、どうする？　そういう大きらいな人といっしょに、働《はたら》かなくちゃならなくなったら」

「うーん、どうするかなぁ」

五秒《びょう》くらい考えたあと、わたしは言った。

きっぱりと、自信《じしん》たっぷりな口調《くちょう》で。

「ママ、それはね、その人を好《す》きになることだよ！」

「……できないよ、そんなこと。だって、大きらいなんだよ」

わたしだって、できないと思っていた。

ずっと、そんなこと、無理《むり》だって思っていた。

でも、いまはちがう、そうは思わない。

「できるって、だいじょうぶだよ、今夜、とっておきのおまじないをかけてあげる」

今夜、ごはんのあとで、わたしはママに、あの絵本を読んであげよう。

『森の猫《ねこ》ライアンの大ぼうけん』に出てくる小さな王さま、別名《べつめい》「どろぼう猫《ねこ》」さんに、ママの心のなかにある「イガイガのあれ」を、ぬすんでもらえばいいんだ。

8　ふたたび「あれ」の正体

ぼくは、さっきから、頭をかかえて、なやんでいる。
しっぽを前後左右にふりまわして、解決策《かいけつさく》を考えている。
でも、うかんでこない。
うかんでこないものは、しずんだままだ。
あかないものは、とじられたままだ。
できないものは、できない。
うー、ぼくとしたことが、これは大しっぱいだ。

ううー、なんてことだ。

うううーうううーと、うなっても、うなっても、どうすることもできない。

王さま猫《ねこ》にも、忍者猫《にんじゃねこ》にも、かっさらい猫《ねこ》にも、ジェントル・ジャイアントにも、解決《かいけつ》できない問題《もんだい》というのは、たまーに、発生《はっせい》するのだ。


目の前に置《お》いてある、この、宝石箱《ほうせきばこ》。

とっても小さい。

子猫《こねこ》が一ぴき、入るくらいの大きさしかない。

ふたの上には、きっとこれはエメラルドだろう、ぼくの瞳《ひとみ》と同じ色の、きれいな石がついている。

このあいだのぼうけん旅行《りょこう》で、見つけたものを入れて、持《も》ちかえってきた。

なかには、とっておきの宝物《たからもの》が入っている。

しかし、悲《かな》しいかな、この宝石箱《ほうせきばこ》のふたがあかない。

あけたくて、たまらないのに、あけることができない。

なぜなら、かぎがないからだ。

かぎをかけて、かぎもいっしょに持《も》ちかえったつもりだったのに、どこかで落《お》としてしまったのかな。

あーあ、あかない。

あけることができない。

残念《ざんねん》だ。

なぜなら、この宝石箱《ほうせきばこ》のなかには、すごくおもしろくて、すごく不思議《ふしぎ》な「あれ」が入っているからだ。

とげとげしていて、イガイガがついていていて、ぐちゃっとしていて、どろどろしていて、火山からふきだしたマグマみたいに熱《あつ》そうで、でも、さわってみると、氷《こおり》みたいにつめたそうな、わけのわからない、こんがらがって、もつれた毛糸の玉みたいな、でも、手にしてみると、するどい刃《は》を持《も》った剣《けん》みたいな——あれ。

＊＊＊

「らんちゃん、お誕生日《たんじょうび》おめでとう！」

パパからのプレゼントは、特大《とくだい》のケーキ。
まっ白なクリームの上に、まっ赤ないちごがのっている。
わたしの大好《だいす》きな、いちごのショートケーキだ。
ようし、頭のなかがいちごでいっぱいになるくらい、食べてやる。
「すずちゃん、おめでとう！」
ママからのプレゼントは、小さな小さな、金色の箱《はこ》に入っている。
緑《みどり》色のリボンがかかっている。
なんだろう、なかみは。
リボンをするするっと、ほどいて、ふたをあけてみた。
「わあっ、かわいい！」
わたしは思わず、歓声《かんせい》を上げた。

前々からほしかった、ペンダントだ。

ペンダントのかざりは、猫《ねこ》の形をした、かぎだ。

かぎの形をした猫《ねこ》さん、こんにちは。

「どこで見つけたの」と、わたし。

「アンティークショップだろう。古そうなかぎだよね」と、パパ。

「なぞめいていて、すてき」と、わたし。

「このかぎで、らんちゃんは、何をあけるのかな」

「さあ、なんだろう。ママ、わかる？」

「わかっているけど、それは、ひ・み・つ」

じつは、わたしにも、わかっている。

ママがひみつを知っているのは、あの絵本を読んだからだ。

このかぎで、何をあけることができるのか。

あけると、そこから、何が飛《と》びだしてくるのか。

でも、あの箱《はこ》は、いまは、あけないほうがいい。

あの宝石箱《ほうせきばこ》のなかに、とじこめられているものは、ずっと、とじこめられたままでいい。

でも、いつか、必要《ひつよう》になることも、あるのかな。

大人になったら、イガイガのあれが役《やく》に立つことも、あるのかもしれない？

イガイガのあれがないと、こまるようなことだって、あるのかもしれない？

もしもそうなったら、わたしはこのかぎで、きみの宝石箱《ほうせきばこ》をあけて、取《と》りだすね。

それでいいよね、ライアンくん。

それまでは、大好《だいす》きガールのままでいいよね。

アイルランドの森の猫《ねこ》、わたしの小さな王さま、幸《しあわ》せを運《はこ》んでくる、

世界一《せかいいち》かわいい、世界一《せかいいち》かっこいいどろぼう猫《ねこ》さん、大好《だいす》きだよ！

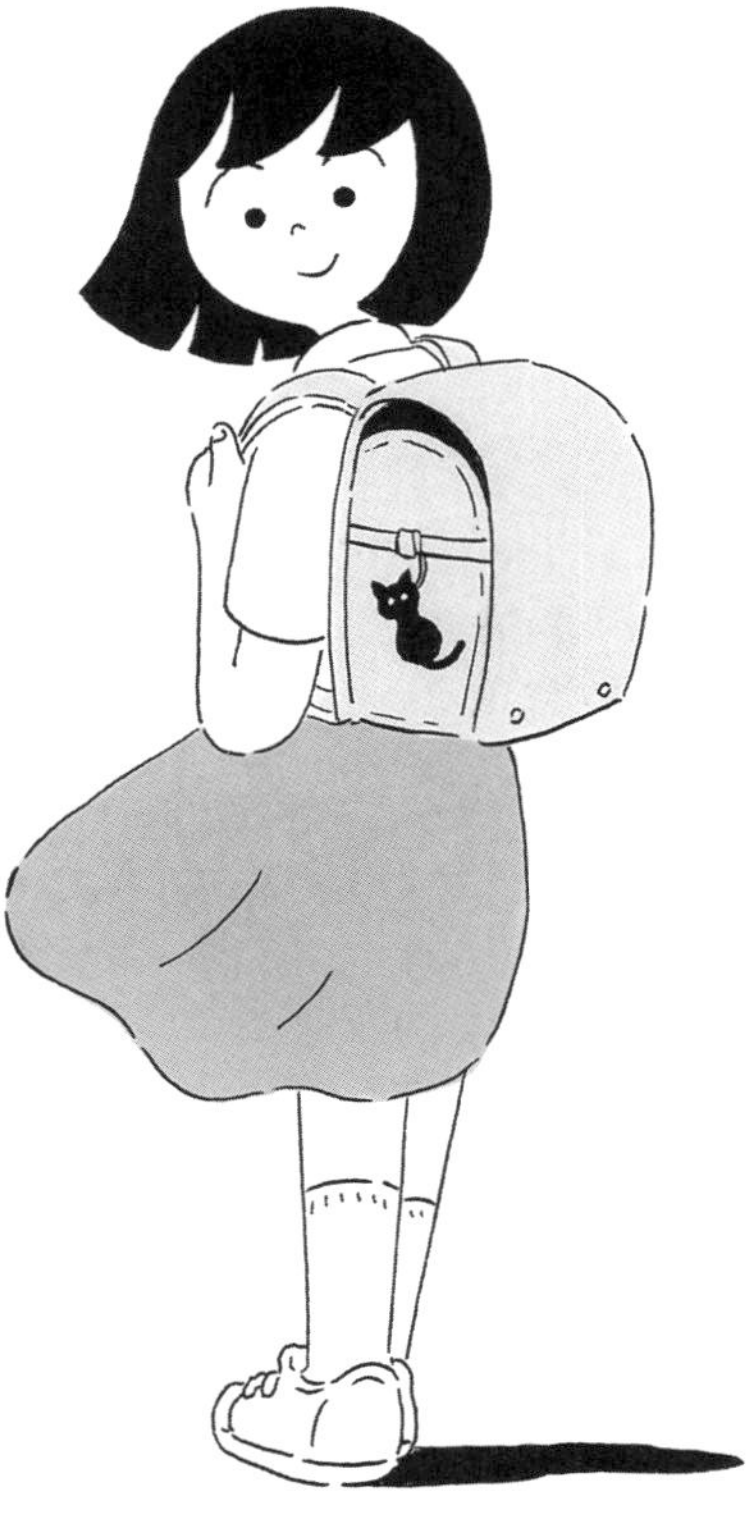

小手鞠るい

こでまり・るい

1956年3月17日、岡山県備前市生まれ。小学生時代に好きだった科目は国語。算数、理科、体育が苦手だった。中学生になってから、詩や作文やお話を作ることが大好きになり、将来は作家になりたいと思うようになった。1992年にアメリカに移住。以後、ニューヨーク州の森の中で暮らしながら、お話を書いている。趣味はお菓子作りとランニング。家族は夫が一匹。好きな動物は、ライオンとパンダと猫と犬。好きな食べ物は、お好み焼きとピザとマカロンとシュークリーム。どろぼう猫ライアンくんのモデルは、昔いっしょに暮らしていた猫のプリン。ライアンくんに世界から盗んでもらいたいのは、戦争。

早川世詩男

はやかわ・よしお

1973年生まれ。小学生時代に好きだった科目は図工。苦手だった科目は体育の水泳で、5年生まで泳げなかった。本の表紙の絵を描きたくて、イラストレーターになりたいと思うようになった。装画・挿絵を手がけた作品に『昔はおれと同い年だった田中さんとの友情』『星空を届けたい』『ゆかいな床井くん』『コトノハ町はきょうもヘンテコ』など多数。好きな動物はうさぎ。好きな食べ物はコロッケ。ライアンくんに盗んでもらいたいのは、締め切り。

どろぼう猫《ねこ》とイガイガのあれ

2024年3月5日　初版発行

作家／小手鞠るい
画家／早川世詩男

発行者／吉川廣通
発行所／株式会社静山社
〒102-0073　東京都千代田区九段北1-15-15
電話03-5210-7221　https://www.sayzansha.com

印刷・製本／中央精版印刷株式会社

装丁／城所潤+舘林三恵(ジュン・キドコロ・デザイン)
編集／荻原華林

Printed in Japan　ISBN978-4-86389-828-8